KB049981

사람볕이 그립다

시작시인선 0416 사람볕이 그립다

1판 1쇄 펴낸날 2022년 3월 21일
지은이 한필애
펴낸이 이재무
기획위원 김춘식, 유성호, 이형권, 임지연, 홍용희
책임편집 박찬세
편집디자인 민성돈, 장덕진
펴낸곳 (주)천년의시작
등록번호 제301-2012-033호
등록일자 2006년 1월 10일
주소 (03132) 서울시 종로구 삼일대로32길 36 운현신화타워 502호
전화 02-723-8668
팩스 02-723-8630
블로그 blog.naver.com/poemsijak
이메일 poemsijak@hanmail.net

ⓒ한필애, 2022, printed in Seoul, Korea

ISBN 978-89-6021-621-1 04810
　　　978-89-6021-069-1 04810(세트)

값 10,000원

사람볕이 그립다

한필애

천년의 시작

시가 나를 호명할 때 비로소
붉은 피톨이 가열하게 박동한다
두 번째 시집을 엮은 후
여기까지 오는데 14년이 걸렸다
묵혀 두었던 시들을
거풍하여 묶고 보니
그리움에 대한 시편이 많다
돌아보니 모두가 그리움이다
온 세상이 코로나19 팬데믹에 허우적거린다
위안과 위로가 필요하다
사람볕이 몹시 그리운 시절이다

차 례

시인의 말

제1부

사람볕이 그립다 1
—코로나19

연주암 법당에 절하는 사람들이 즐비하다
모두 하얀 마스크를 쓰고 오체투지를 한다
천 년 넘게 정좌하신 갱상도 부처님
굳은 목 내밀며 물으신다
머선 일이고?

어미

까치 한 마리 나무를 죽어라 쪼아 댄다
벚나무 그늘이 파들파들 숨이 넘어갈 듯 자지러진다
둥지를 넘보던 청설모는
벚나무 등짝에 까치 부리가 박힌 줄 알았을 게다
무릇
세상의 모든 어미는 저래야 한다

연주대戀主臺에 올라

나라를 잃어 본 적 없는 내가 연주대에 올라
잃어버린 나라를 가만히 만져 보네
망국의 애절한 시조 가락은
관악산을 떠나 그곳에 닿지 못하고
맴돌다
맴돌다
연주대를 받친 주상절리에 앉았네

세자가 되어 본 적 없는 내가 연주대에 올라
왕궁이 내려다보이는 바위에 말없이 앉아 보네
애통절통 때늦은 후회의 말들
한강을 건너 궁궐에 닿지 못하고
주저리
주저리
수직의 돌기둥 틈새에 끼어 맴도네

절벽의 돌 틈에 꽃이 피었네
말갛게 흔들리는 보라색 붓꽃 꺾어
눈망울 그렁그렁한 그대 앞에
조용히 바치고 싶네

남편

오늘도 먹이 사냥에 나서는 우리 집 수렵꾼

비가 오나 눈이 오나
날마다 내딛는 걸음
어느새 뒤꿈치 다 닳았네

젊어 호기롭던 시절
이 산등 저 골짝 핑핑 날 적에도
까투리 장끼는 키를 넘어 날았지

더 넓은 사냥터 사우디아라비아
메마른 사막 쏟아지는 햇살 속에서
빗맞은 화살처럼 날아가 꽂히곤 하였지

돌부리에 넘어지고
또 절뚝거리며
먹이를 나른 수렵의 세월

너와집 굴피같이 거친 손으로
활을 만지작거리며 중얼중얼

이제 연장이 너무 낡았군, 하는데

수십 년 사냥질에
대호 한 마리 메고 온 적 없지만
저 사냥꾼
가슴을 늘 아리게 하네

숙명

이강離江 기슭에 뗏목이 미끄러진다 늙은 어부는 통발이나
그물 대신 가마우지를 강물 위에 가만히 놓는다 잠시 머뭇
거리던
가마우지는 물속으로 들어가 자맥질을 한다 한참 동안 물속에
대가리를 처박고 버둥거리다 주둥이 가득 고기를 물고 나온다
어부는 가마우지의 주둥이를 벌려 남김없이 물고기를 꺼낸다
끈으로 모가지가 묶인 가마우지는 피라미 한 마리 삼킬 수
가 없다
목이 졸린 채 끊임없이 물고기를 잡고 또 뱉어야 하는 것은
가마우지의 숙명이다

난 아침마다 넥타이를 졸라매고 밥벌이하러 간다

샹그릴라*에서 차 한잔

옛날엔 마방이었을 거다
지금도 찻집 가는 길은 소똥 말똥이 질펀하다

정수리엔 햇볕이 장글장글 기어 다니고
걸음마다
뾰족한 산의 이빨이
숨 가쁜 몸을 물고 다니는 샹그릴라

티베트 여인이 수유차를 내온다
고산 보리는 하늘 아래 첫 곡식
누대에 걸쳐 빚은 보리떡은 깔깔하다
까맣고 작은 손이 찻잔에 반만 채워 준다

꽉 다문 산의 입술이 조금씩 느슨해진다
차를 마실 동안 소똥 말똥이 말라 간다

샹그릴라
누가 여기에 이런 멋진 이름을 붙여 놓았는가
메뉴가 하나뿐인 찻집에서 느림을 마신다

* 샹그릴라: 티베트 고원의 이상촌.

사막으로 가라

체증으로 가슴이 답답하면
초원사막으로 가라
가서 은하수를 만지거라
벌컥벌컥 마셔도 보고
첨벙첨벙 건너도 보아라
홀로 건너기 외로우면 낙타와 함께하라
하루 종일 소소초를 씹은 낙타도
맑은 물로 비린내를 헹굴 것이니
양가죽 냄새 퀴퀴한 게르에서
낙타가 오기를 기다려라
전갈들 모래 바닥 기어 다니고
먼 데서 온 네가 궁금해 사막여우가
어슬렁거리다 제 굴로 돌아가면
사막의 밤을 가만히 내다보라
거기 또 별들 쏟아져 발목에 쌓일 것이니
떠나라

사나사舍那寺

접시꽃이 만발하면
매미 떼 자지러진다
벌레 먹은 보리수 풋열매
절 마당에 그득하고
덩달아 뻐꾸기 소리 처량하다
법당에는
엎드린 속울음
이 첩첩 울음에
부처님 단잠 깨시겠다
끙차
낡은 무릎 일으켜
돌아앉으시겠다

떠도는 기억

죽림정사 입구에서 한눈에 알아봤다
예닐곱 살이나 됐을까 한 내가
때 전 손가락으로 아코디언을 접고 있었다

너 왜 여기 있어?

꽃잎, 오르다

벚꽃이 환하다
단청이 벗겨진 절집도
오랜만에 흐드러졌다
절 마당귀에서
혼자 울던 운판* 위로
소지한 듯 꽃잎 한 점 치오른다
얼굴이 옥양목처럼 희었던 열여덟 언니가
그렇게 떠나갔다

눈부신 봄날이었다

* 운판: 구름 모양으로 만들어진 불구로 공중을 날아다니는 중생을
  제도하는 상징.

꽃을 든 사내
—봉암사 마애불

온다 간다 말도 없이 훌쩍 떠난 사람
너무 일찍 신라로 가 바위에 든 사내
들고 있는 꽃봉오리 흔들릴까 봐
내가 왔는데도 실눈이다

이 추운 소한지절에
얇은 장삼 단벌로 걸치고
맨발의 가부좌로 앉아 무슨 생각하는지

이 봉오리 벙글면 오지
머 하러 벌써 왔노

귓전을 쓸고 가는 바람 소리 들으며 듣지 않으며
얼음 박힌 계곡을 내려온다
연꽃 환하게 피면 다시 오라던 그를 두고
내닫는 발이 몹시 시리다

운판

태어난 곳이 고향이라지만
난 그런 건 몰라
골짜기나 들판 너머
발 닿지 않은 곳이 없고
도둑질이나 사기 치는 것 말고
안 해 본 일이 없어
그중에서도 대패질하는 게 제일로 좋아
캐나다 국립공원에 장승 몇 분 세운 것도 그 덕이지
산책 나온 사람들이 나와 닮았다고 할 때엔
내가 그 아들인가 싶기도 했어
움막에 뭉게구름 그림자 드리우면
아부지 엄니 다녀가나 싶어
눈물이 핑 돌기도 했지
어느덧 종심從心에 이르렀어
그리움을 새기듯이
나무를 깎고 또 다듬었더니
절간에 매달린 운판이 되었어
누가 훨훨 나는 새로 스쳐 가거든
내 어깨인 듯 앉았다 가기를

그럼에도 불구하고

둘레길을 걷는다 타박타박
지팡이 짚고 오르락내리락 걷는다
딱따구리 딱딱 나무 쪼는 소리 앞서가고
산비둘기 구중구중 뒤에서 따라온다

지나가는 젊은이가 내 굽은 등에 손을 얹는다
도와드릴게요
난 손사래를 친다
십 년을 아홉 번도 더 살았고
굽이굽이 넘은 고개가 수미산도 발아래다

떨리는 손에 주어진 전사 통지서 한 장
배 속의 딸도 맹렬하게 발을 차 댔다
갓 스물에 전쟁미망인
눈을 들면 아득한 비탈길
풀뿌리 나뭇등걸 움켜쥔 손은 갈고리 같고
아래로는 깊이 모를 진창길

오늘도 너럭바위에 앉아 생각한다
오래전 북두에 든 사람

나 얼마나 더 걸어야 그곳에 가 닿을까

저녁노을이 곱다

어둠

탐스러운 열매다
그러나
선한 속살에
박힌
저 어둠
꿀 밴 부분이 썩었다
어둠은
달콤함과 함께
오는 것일까
정말 그럴까?

국화차

국화차를 한 모금 마셨더니
찻물이 흘러간 길이 놀놀하게 열린다

지난가을 산소에 갔다가 산국 한 줌을 땄다
못다 먹은 엄니 젖으로 핀 것 같아서
울 엄니 그늘의 기운으로 핀 것 같아서

그늘의 깊이를 재며 꽃잎을 말리는데
꽃등에처럼 붕붕 날고 싶었다

한 모금을 삼키면서
한 생각을 버리면
국화 향이 끌고 온 몇 개의 그림자가
다시 생각 위에 앉는다

산국의 향기가 밴
한 몸을 내가 끌어안는다

얼굴 반찬

　수십 년 된 반찬이 상머리에 앉아 있다 생전 반찬 타박 않던 남편이 물에 밥 말아 놓고 멀뚱히 쳐다본다
　저런 묵은지가 없다는 듯

살구

살구나무
우듬지 가득
살구가 달랑달랑

눈도 깜짝 않고
신 살구를 먹던
젊은 아내는
아들을 순풍

아파트만큼 낡은
우리 동네 여인들도
남몰래 살구를
치어다보며
침 꼴깍

꼬올깍

환하고, 쓸쓸하고

그녀의 목은 쇄골이 녹아내려 길다
2년에 3줄씩 다섯 살 때부터 친친 감은
금속 링은 고산에 사는 카렌족 여인의 나이테

조악한 기념품같이
황동 구리 줄기에 얼굴을 얹어 놓고
시든 재스민꽃처럼 웃는 그녀의 나이는 열여섯

여러 빛깔의 외지인들과
사진을 찍거나
베틀에 앉아 철커덕 북을 지를 때면
긴 목은 환하고도 쓸쓸하다

죽어야 벗을 수 있는 굴레
살아 딱 한 번 벗을 기회는 부정不貞

나는 오늘 밤 그녀가
물기 향기 가득한 꽃이 되어
무거운 링을 벗고
멀리멀리 산을 넘기를 바란다

>

그녀 손을 잡은 내 손이 바르르 떨린다

꼭 쥔 밧화貨가 축축하다

사람볕이 그립다 2
—코로나19

4월 숲은 연연초록이다

우리 집 어항에 홀로 남은 구피처럼 혼자서 관악산 발치
를 걷는다 다람쥐 한 마리
  쪼르르 달려오다 하얀 마스크를 쓴 나를 보고 화들짝 놀
라 멈춘다 햇빛이 바늘처럼 가 꽂힌다
  녹색으로 가던 숲이 움찔한다

경찰서 사거리에 '사회적 거리 두기'라고 쓴 펼침막이 팽
팽하다 안전 안내 문자를 받을수록
  코로나19의 그림자는 두꺼워진다

띡똑
양재천에 비단잉어네 가족이 늘었습니다
띡똑
지금 왜가리가 발을 담가 양재천 깊이를 재고 있습니다
띡똑
대공원 벚꽃이 만개하였습니다

봄볕이 타전해 온 문자를 절구인 양 들여다본다

하늘정원 공사
―故 김호선

폐암 걸린 남편에게 좋은 공기가 필요하다며
땅을 100군데는 더 보고 다니더니
산 중턱 양지바른 곳에 집 한 채 앉힌 친구

올여름 휴가는 꼭 우리 집으로 와
황토방에 불 때 놓을게
니가 올 때쯤엔
마당가에 나무들도 다 심어져
집이 환하게 될 거야
몇 번이나 다짐을 받던 그 친구 부부가
집 마당을 다지다가
고장 난 트레일러에 깔려
불귀의 객이 되고 말았다

심심풀이로 채마밭도 일구며
늘그막에 재미지게 살고 있었는데
바윗덩이도 밀고 갈 만큼 힘이 넘쳤는데

전화위복

속도의 경쟁에 내몰린 지 오래
자동차 길라잡이도
가장 빠른 길로만 나직나직 읊어 준다

눈 내리는 고속도로에서
어둠살 몰려오는 내리막길을 달리다가
연쇄 추돌이 일어났다

수많은 생각이
해일처럼 밀려오는가 싶더니
다시 머릿속이 텅 비어 버린 듯하고

경광등과 경고음이 뒤엉킨 아수라장에서
솜털이 잠잠히 누워 있는 손등을 보고
난 이승이 아닌 줄 알았다

살아서 말랑말랑한
붕어빵 한 봉지 들고 가는 길은 얼마나 행복한가
오늘은 군밤도 한 봉지 샀다

>

아이들 쪼르르 달려 나와
잽싸게 채 갈 일 생각하니
갑자기 발걸음이 빨라진다

웅크린 아코디언

미루나무 숲길을 따라
다하우 유대인 수용소*로 가는 길
언젠가처럼 비가 내렸다

서랍장 같은 침상에 켜켜이 누워
불면으로 밤을 뒤채이다가

여남은 명씩 한꺼번에
저세상으로 건너갔을 사람들

영문도 모르고 입었을 줄무늬 단체복
비를 맞고 서 있는 겁먹은 군상들
모두가 물속에 가라앉은 것 같다

끝까지 품었던 세련되고 단란한 가족사진
삭아 내리는 가죽 구두와 가방
그 한편에 온전해 보이는 아코디언 한 대

진열된 일상은 자잘하기만 한데
가스실에 들기 전에 벗은

후줄근한 세로줄 무늬가
직선의 빗줄기로 다가온다

저 웅크린 아코디언의 주인은
죽기 전 마지막으로 어떤 선율을 펼쳐 냈을까

• 다하우 유대인 수용소: 뮌헨 인근 최초의 나치 수용소.

제2부

앗싸, 이모다!

둘레길에서 맞닥트린 한 무리의 사내들
나는 낯빛이 검스레한 그들을 보고 뒷걸음질을 하고
그들은 머리가 허연 한 여자를 만나 눈알만 굴린다

떠듬떠듬 우리말 퍼즐을 맞추었더니
인도네시아에서 온 그 청년들은 지금
관악산 꼭대기에서 내려왔고
지하철을 타면 인천에 갈 수 있단다

해거름 배고픈 걸음들에게
산책을 포기하고 길잡이가 돼 주었더니
할머니인 내게 최고의 상찬을 보낸다
이모 고맙다!

나는 쓸고, 바람은 지나가고

가끔씩 삼남길을 걷는다
왕이 되지 못하고 죽은 아버지 뵈러 임금이 지나간 길이다
서울 대궐에서 이곳까지 오면 날이 저물었겠다
노곤한 육신 어디에 푼들 무슨 상관이겠냐만
온온사穩穩舍 사액 현판 걸어 놓고 쉬었으니 더 편하셨겠다
굽은 길 오르막을 걸으면서 이 길을 닦은 사람들을 생각한다
발가락이 삐죽 나온 낡은 짚신에 손톱은 다 닳았을 것이다
나도 새벽부터 빗자루 들고 국도를 비질하러 간 적 있다
쓸어도 쓸어도 내려앉던 플라타너스 누런 잎들
언제 지나갈지 모르는 VIP를 위해 한나절을 타작마당보다
말끔히 쓸었다
밀짚모자 쓰고 막걸리 마시며 서민 코스프레하던 대통령이
총에 맞기 전의 일이었다

고소공포증

몸을 부려 먹고살 수 있다면 그곳이 허공인들 어떠랴
재산이라곤 몸뚱이 하나뿐인 나
외줄에 매달려 까마득한 마천루를 닦는다
가끔씩 찾아와 푼돈을 쥐어 주던 아버지가
발길을 놔 버렸을 때,
어린 나는 천 길 벼랑을 수도 없이 구르기 시작했다
흔들릴 때마다 수맥을 더듬는 줄기처럼 두 발에 힘이 들
어간다.
줄을 풀고 비로소 직립으로 서면
내 발바닥에서 뿌리가 뻗어 나가는지 다리가 움직여지
지 않는다

은빛 공연

쌍둥이 자매인 희자, 희제 할매
아들을 바라는 마음에 희자希子
희자 동생이라 희제希弟
둘은 올봄 유방암 수술을 받았다
나란한 침상에서 거울 보듯 두런두런 말한다
그날 마을회관엔 왜 가자고 혔어
몰랐으면 그냥 살았을 낀데 수술은 괜히 혔나 벼
병원비가 비싸다는데 어쩐다야
돈 있으면 가짜 젖도 맹근다던데
왼쪽 가슴이 자꾸만 부풀어 오른다야
너, 죽으면 나도 따라 죽을 겨

회화나무

육백 살을 자신 선비나무* 이제는 더
가지를 뻗는 일 따위는 하지 않는다
그중 두어 가지는 보지 말아야 할 것들을
보아서인지 험하게 고개가 비틀어져 있다
폭우에 계곡물이 와랑와랑 흘러가고
땡볕에 매미가 숨 막히게 제 몸을 긁어도
성긴 그늘 한 자락 내려놓고 깊은 생각으로 침잠한다
바람도 휘어지고 굽은 그늘 아래
한 사내가 다리를 질질 끌면서 찾아든다
머리를 까닥까닥 흔들며 연신 부르르 떨고 있다
선비나무 노르스름한 꽃이 수백 번 피었다 질 동안
현감들의 송덕비문이 비바람에 닳을 동안
그늘을 찾은 사람들도 바뀌고 바뀌었을 것이다
이따금 떨어진 꽃잎이 제 몸을 뒤집는다
몇 아름이나 되는 선비나무 속은 텅 비어 있다
제 스스로 몸을 도려내고 있는 것이다

* 선비나무: 회화나무를 뜰에 심으면 학자가 배출된다는 설이 있어 선
  비나무라고도 한다.

초파리

까만 점으로만 보이지?
나도 처음부터 내다 버린 사과 껍질이나
뱉어 놓은 포도 껍질에만 앉고 싶진 않았어

자세히 봐 봐
빨간색 안경 쓰고
황금색 연미복 입어 제법 폼 나지 않아?

사뿐 날아
정육점 천장에서 잠시 쉬었다가
발목 잡힌 살덩이 깊숙이 알도 까고
하얀 쌀밥에 앉아 체온을 데우면서
나도 그렇게 우아하게 살고 싶었어

금방금방 불어난 내 새끼들이
나를 따라 춤을 추다가도 편히 쉴 수 있는
아랫목처럼 따뜻한 그곳

전언

건기의 초원을 달리는 누 떼처럼
주먹 덩이 같은 함박눈이
바다 쪽에서 몰려오는 날이었습니다
나는 간판이 찢어진 비닐 천막에 앉아
말없이 채석강을 바라보았습니다
거기에
언제부터 있었는지 모르는
사내 하나가 부동의 자세로 서 있었습니다
퍼렇게 얼었거나
벌겋게 달아 삭혀야 할 손바닥을
한 번쯤은 비벼서 문지를 만한데
두 팔을 뻗어 와이퍼처럼
달려드는 눈 떼를 밀어내기도 할 만한데
고집스레 각진 등을 세우고 있었습니다
파도는 사내가 딛고 선 바위를 쉴 새 없이 때렸습니다
세상 사는 거 별거 아니니 힘 좀 내라고
억만 년이 지나도 깎지 못할 난간에
파도의 눈들이 부딪히며 함께 나뒹굴었습니다

잔칫날

그 아이 장가가는 날

그때 아기는 자다 깨어 칭얼칭얼 울었대 엄마 품에서 미끄러진 아기는 다시 가슴을 파고들었지 엄마는 잠결인 듯 꿈결인 듯 아기를 끌어안고 젖을 물렸어 눈을 감은 채 등을 토닥이며 쓸어 주며 잠을 재웠지 잠깐 보채던 아기는 장미꽃잎 같은 입술을 달싹이며 잠이 들었고 그러자 등을 토닥이던 엄마의 손도 더 이상 움직이지 않았어 엄마에게서 떨어진 아기가 먼저 잠이 들었는지 젖을 비운 엄마의 숨이 먼저 멎었는지 알 길은 없었지

이야기를 듣고 있는 동안 말라붙은 내 젖이 핑그르르 돌았어 집으로 오는 기차에서 내 젖은 팽팽하게 부풀어 올랐지

우리 누나

기영물에 밥 한 톨 흘려보내는 법 없지만
돈 버는 일에는 젬병인데요
그래도 요샛말로 슬로푸드라는
장 담그는 일만큼은 맵짜게 해치우지요
오늘은 병원에서 암 검사 결과가 나온 날인데요
휘청휘청 들어오더니
나하고 눈도 안 맞추고 안방에서 꼼짝을 않네요
해가 기울자 콩을 몇 됫박 벅벅 씻더니 삶기 시작하네요
불리지도 않은 마른 콩을 안치고 밤새 불을 지키는데요
언뜻 보니 누나의 눈빛이 콩을 삶는 것 같네요
불도 물도 잦아들고 소쿠리에 메주콩을 쏟으면서요
아이구 미친년 뭔 지랄이고
해는 또 언제 떴노
밥해야 되것네
또 무슨 말인지 궁시렁궁시렁
그랴그랴 뭔 말이라도 좀 하소
바가지 들고 쌀 푸러 가는 우리 누나 발걸음이 재네요

에코 팰리스

에코 팰리스라는 집을 사기로 했는데요 그 이름 그대로 산자락에 차르륵 자연스레 펼쳐져 있는데요 계약서에 서명하러 나온 이는 새하얀 눈썹이 누에처럼 꿈틀거리는 산신령 같았지요 평생을 그곳에서 살고 지난해 할멈을 보냈다며 신분증을 꺼내 놓고 펜을 들어 당당히 자필로 쓰시는데요 할아버지 나이는 올해 아흔여덟. 철 따라 새 우짖고 관악산에서 발원한 물이 단지 내 실개천으로 흐른다고 중개사가 곁에서 집의 좋은 점을 힘주어 말했지만 백 살을 바라보며 의연하게 생의 한 부분을 정리하는 동안의 저 노인이야말로 에코 팰리스라는 생각이 들었지요

연꽃, 빅토리아

여왕은 생각했는 기라
이제 거추장스러운 왕관은 그만 쓰고
조용히 후원을 거닐면서 여생을 정리하고 싶었는 기라

그런데 바람이 담을 넘어와서 자꾸만 쏙살거리는 기라
여왕님은 왕관을 써야 아름다우십니다
여왕님은 왕관을 써야 권위가 있으십니다

그 말을 들은 여왕은 생각이 달라진 기라
우쭐거리는 기분으로 목을 쑤욱 빼서 내다보니
수많은 신하들이 목을 빼고 바라보고 있는 기라

여왕은 할 수 없이 우아하게 흰 꽃을 피우고는
천천히 천천히 아주 천천히
보라색으로 얼굴을 바꿔 주었는 기라 그러더니

아아, 오오,
신하들의 환호와 탄성은 순간일 뿐
여왕은 갑자기 물속으로 사라져 버린 기라

엄니를 기다리며

　해도 뜨기 전에 버스는 나를 부려 놓고 가 버렸고, 버려진 아이처럼 나는 야윈 개가 어슬렁거리는 데로 따라 걸었고, 잠깐 한눈을 파는 사이에 앞서가던 개도 사라지고, 길은 낯설고 골목은 꼬부라지고, 비닐봉지는 땅바닥에 들러붙었다가 또 봉지들끼리 엉키어 내 키만큼 쌓였고, 무리무리 터번을 쓴 뚱뚱한 남자와 사리를 걸친 여자가 손을 잡고 강물에 머리를 푹 담그고, 공기 방울이 뽀글뽀글 솟아오르고, 갓 혼례를 치르고 콧방울 피어싱이 빛나는 신부도 신랑의 손을 잡고 기쁘고 환하게 담그고, 화장을 집전한 사제가 온몸에 재를 바르고 타블라 북처럼 불룩한 배를 둥둥 두드리며 쪼그라든 성기를 드러낸 채 브이 자를 그리자 사람들은 웃고 있고, 나는 자궁 속에 들기 전의 나를 찾기 위해 강을 거슬러 가고, 수많은 사람들이 타고 갈 배를 기다리며 강물에 씻고 담그고, 갠지스강은 쉼 없이 흐르고, 나는 다시 태어날 날을 손꼽아 보며 엄니를 기다리고,

시래기밥

밥상머리에 시래기밥이 앉아 있다
시커멓고 질척대는 그래도 뜨거운 밥
주발도 밥공기도 아닌 양재기에 담긴 밥
반찬이 많을수록 더 배가 고픈 밥
뒷덜미에서 기웃대는 봄바람 한 자락 옆에 앉히고
양념 종지 끌어당겨 슥슥 비빈다
긴 겨울 허기진 어머니
칠흑같이 어두운 밤에
얼음 박힌 손으로
달그락 소리도 못 내고 오지그릇에 비비던 밥
훙훙훙
무릎에 올려놓고 봄날에 먹는
아지랑이 고명 얹은 옛날의 밥

복수초

백 년 전에 태어나신 우리 고모
근동에서 제일로 미인이었다는 우리 고모
흠모하던 동네 총각 한둘이 아니었는데
울 밖으로 눈길 한번 주지 않았다

꽃 같은 우리 고모
산을 두 개나 넘어서
쌀가마가 섬으로 쟁여진
양반집으로 시집을 갔다

시집간 날도
그다음 날도
신랑을 볼 수가 없었다

족두리도 벗지 못한 채
소피가 마려워 밖에 나왔다가
밥상 들고 가는 부엌어멈과 마주쳤는데
흠칫 놀라 뒷걸음질 치는 걸 보고 아차 싶어
그녀 앞세워 신랑이 있는 방의 문고리를 젖혔다

\>

어둑한 골방에는
진물이 흐르고 얼굴이 문드러져서
사람인지 귀신인지 모를 누군가가 누워 있었다

그 자리에서 버선발로 뛰쳐나온 고모는
평생 소리 내어 웃지 않고 살았다

볏짚 신부

1

혼자서 구천을 헤매는지 꿈에 네 누이가 자주 보이는구
나 어디 적당한 곳 찾아 혼례를 치러 줘야겠다. 아버지, 쓸
데없는 말씀 마세요. 귀신이 어디 있어요. 영혼결혼식은 또
뭐예요? 마루 끝에 앉은 오빠는 벌떡 일어나 신발들을 걷
어찼다.

2

아버지는 볏짚으로 인형을 만드셨다. 딸이 열여덟 해를
살 동안 장신구 한 번 건넨 적 없는데 볏짚을 엮는 손길
이 풍병을 맞은 듯 부들부들하신다. 얼굴도 모르는 놈인
데…… 투덜투덜 오빠는 볏짚 신랑을 만들었다. 언니는 알
는지 몰라, 나는 물에 적신 축축한 볏단을 옆에 놓으면서
말했다.

3

사위가 연녹색 병풍이다. 눈부신 오월이다. 초례청엔 흰
종이를 오려서 신랑 신부를 꾸몄다. 혼례식은 매파 할머니
의 중얼중얼 비손이다. 아버진, 다음 생에선 오색실 드리우
고 녹의홍상 입어라, 누구 꿈에도 나타나지 마라, 하신다.

볏짚 부부에 성냥을 그으면서 오빠는 고개를 돌렸다. 나는
연기가 매워 눈물이 났다.

만년살이

　알래스카 설산을 헬기로 올라 만년설 평원에 내렸다 얼음
벌판에 섰더니 사방이 흰색이다 헬기가 다시 데리러 올 때
까지 추위를 견디는 것은 빙판을 걷는 것뿐, 만 살을 자신
어른이 쯧쯧 혀를 찼을 터. 걷다 보니 주먹만 한 구멍으로
숨소리 같은 물소리가 들린다 군데군데 숨구멍을 뚫어 놓고
만년설은 그렇게 만년을 살아 낸 것이다 백 년 살기도 힘든
난 집에 돌아가고 싶어 자꾸 뒤를 돌아본다

당당한 그늘

차이나타운으로 가는 암스테르담
각각 칸칸 6척 거구의 홍등가 여인들이
비키니에 그물 스타킹을 신고 있다
공룡알같이 터질 듯한 유방을 내밀거나
단단 넉넉한 맷방석 같은 엉덩이를 돋보이려고
살짝 구부려 다리를 꼬고 있는 이 여인들은
홍등을 켜기 위해 어둠을 기다리지도 않고
손을 흔들며 아는 체를 한다
교태를 팔아 밥을 사는 그늘의 삶이지만
매춘도 엄연한 직업인지라 참 당당하다

꽃 피는 상처

삐걱거리는 마룻바닥에서 냉기가 올라왔다
그녀는 동그랗게 몸을 말고 있다

이 빠진 옹기에 게발선인장이 늘어져 있다
오래된 그녀의 관절처럼 손을 대면 분질러질 것 같다

짙은 분홍 꽃이 마디마디 툭툭 불거졌다
그녀는 총알이 꽃 핀 거라 한다
남편이 사냥해 온 고라니가 흘린 피 같다고도 한다

꽃이 피기 전 물을 듬뿍 주고 기다리게 한다
자식들이 언제 올지 모르기 때문이다
기다리는 동안 선인장은 또 마디를 늘인다

마룻바닥이 삐걱댈 때마다
그녀의 희고 성긴 머리카락이 또 한 올 묻어난다

아흔 하고도 우수리가 붙은 그녀는
공처럼 굴러가고 싶다고 한다

꽃물 들다

비 그치자 위층 할머니 모종 내신다
씨앗을 틔운 금 간 사발은 복福 자가 선명한데
새싹 채소보다 여리고 머리카락보다 가늘어
무슨 싹인지 알 수가 없다

개미가 스쳐 가도 고꾸라질 것 같은 모종
그러나 모종을 내는 할머니의 손길은 분주하다

툭
꽃삽을 놓으며 한 자락 던지신다
이거시 봉숭아여
낭중에 따다가 물들이면 이뻐

할머니는 이미 굵은 대궁에
다닥다닥 핀 꽃을 보고 계신 듯
봉숭아 붉은 꽃물이
여든여덟 얼굴에 번져 간다

금강산 옥류관

만물상 코스를 산행하고 나서 전날 미리 구입한 평양냉면 식권을 내밀었더니, 선생님들! 여행하시느라 힘들이 많이 들었을 건데 랭면만 드시면 기운이 없어 어쩔 기라요 자! 여기 팔 딸라만 추가하면 평양식 소불고기를 드실 수 있습네 다 금강산 물로 만든 시원한 맥주는 반주로 드시면 더욱 좋습네다 봉사원 량옥정은 하이 톤의 속사포 같은 말투로 잽싸게 삼십 명분의 추가 매출을 올리는 것이었다

그날이 오면

검은꽃무당버섯 정원에
별들이 내려앉거든
살구색 파운데이션을 바르고
마스카라로 속눈썹을 세운 뒤
핑크빛 립스틱을 칠해 다오
굳이 명주옷 입힐 생각은 말고 허리가
날씬해 보이는 꽃무늬 원피스를 입혀 다오
낮달이 세모로 기울거든
곱게 빻은 쌀가루 한 고봉 섞어
내 어머니 무덤에 뿌려 다오
땅속을 기는 짐승이 길을 내면
이제 내가 어머니를 잉태하려니
우리들의 바코드가 망가져서
엇박자의 노래가 흐르는
그날이 오면
내 자궁 속에서 유영하는
어머니의 태를 한번 갈라 볼 것이니

그냥

그때는 건기乾期의 한가운데여서
법문에도 황토 먼지가 앉는 듯했지요

앉아 있는 맨발의 부처
누워 있는 맨발의 부처
서서 있는 맨발의 부처
부처가 되고자 하는 수많은 맨발들
맨발로만 들어갈 수 있는 쉐다곤 파고다*인데요

태양을 마주 보며 기도하다
눈이 멀어 버린 수행자
마음에 드는 부처께
꽃목걸이 한 줄 공양하고
하루 종일 염불 외는 순례자

몇 천 리나 굽이굽이 돌아온 보리수가
석존의 머리카락을 향해 흔들릴 때
아직 영글지 못한 내 안의 부처는
아무 소리도 내지 못했지요

맨발이 뜨겁기만 했지요

그냥

* 쉐다곤 파고다: 석가모니 부처님의 머리카락을 모신 대사원.

4월의 눈

나으 소원은 아들을 낳거나 부자가 되는 것도 아니고
남북통일 겉은 건 더더욱 아니제
나으 소원은 백설 겉은 웨딩드레스 한번 입어 보는 거 그
기 소원이여

딸 둘 시집보낸 숙이가 드디어 웨딩드레스를 입는데
꿈에도 그리던 소원 풀이를 하는데
뱃살은 출렁출렁 구분도 안 되는 허리 살은 울룩불룩이요
잡티를 감추느라 덧바른 파운데이션은 가면을 쓴 것 같아라
기름 절어 검고 쭈글쭈글한 손등과 꽃처럼 화상 자국 핀
팔뚝은
팔꿈치까지 오는 장갑으로 가렸다만
하이고 숨 쉬다가 실밥 터질라 낯짝은 와 이리 가렵다냐
가마솥 설설설 끓는 누린내 나는 김이 평생 스킨이며 로
션이라더니
그래도 신부 화장한 신부인지라
카메라 뷰에 비친 제 모습이 서러워 웃는다

대공원 계곡을 쓸어 하늘로 올라가던 눈이 청계산 꼭대기
에 모여 앉았다

허옇게 4월의 눈을 뒤집어쓴 봉우리가

수십 년 국밥 말다 웨딩드레스 입은 숙이 같다

제3부

제사

　먼 나라에서 온 색색의 과일과 갓 쪄 낸 시루떡이며 때깔 고운 육전에 크고 굵은 조기 도미 대구도 몸을 포개 누웠다

　맏동서가 딸을 연달아 낳을 때 아들을 줄줄이 낳은 아랫 동서의 콧날은 더 빛났으리라

　꽃 피어 좋은 봄 한날에 하던 일 멈추고 서울 부산에서 아 들딸 며느리 달려와 둥그렇게 모여 옛이야기 나눈다

　딸은 딸이어서 모르고 며느리는 며느리여서 더 모르고 오 직 아들들만 알았던 엄마

　증손자까지 그득하게 서서 지방에 대고 절 올린다 향불 연기 꼬부라지며 오른다 미역국보다 탕수국을 더 좋아하 셨는데

　큰아들이 일찍 간 어매 불쌍하다고 우는데 올해도 늙지 않고 환하게 웃고 있는 울 엄마

파로호 지킴이

큰 수술을 한 후였다. 민물 장어가 회복에 좋다고 하여 파로호에 가는데 길을 잘못 들어 사명산 산악 지대를 넘어갔다 첩첩산중에 호수가 있을 것 같지 않았는데 다섯 시간 만에 선착장에 닿았더니 그곳 어부가 막 그물을 걷고 있었다

아뿔싸, 파로호 지킴이를 잡았네 그려,

그는 어부 생활 수십 년에 이렇게 큰 장어는 처음 보았다며 두려운 손길로 다시 돌려보내는 것이었다

입

북어 대가리를 사 왔다
생태나 동태일 때는 입을 다물고 있더니
북어가 되고 나서는 필사적으로 입을 벌리고 있다

아프리카의 어느 부족처럼 아래턱을 내밀고
톱니 이빨을 드러낸 채 단호한 표정을 짓고 있다
방망이로 두들겨도 그 입은 다물어지지 않는다

다시를 내기 위해 멸치와 함께 끓인다
물이 설설설 끓어오르자
멸치 떼가 북어의 아가리 속으로 들어갔다가 뒤통수로
나온다
혹은 뒷덜미에서 맴돌다 턱 밑으로 나오기도 한다

바닷속이었으면 명태 배 속으로 들어간 멸치
다시는 헤엄치지 못하고 명태의 몸이 되었을 텐데
베링해를 가르며 수면 위로 다시 치솟아 오르고

백 마디의 말을 이 앙다물고 내뱉고 있는 듯한 북어는
펄펄 끓는 가스 불에도 결코 입을 다물지 않는다

복강福岡*의 동주

매화꽃 흩날리는 후쿠오카(福岡)에
사람들 화전 부치고 잔 돌리면
봄은 절로절로 익어 가는데

촘촘한 창살 속 우리 동주
그가 입은 푸른 수의는 나날이 헐렁해지네
별 하나에 추억과 사랑과 동경을 새겨 넣고
시가 쉽게 씌어지는 것은 부끄러운 일이라고
낮게낮게 중얼거렸을 뿐인데
구겨진 종이에 습작 시 몇 줄 쥐고 마루타가 된 청년

고향에 계신 아버지께 잘 있다는 문안도 올리고
동생에게는 어머니가 보내 주신 미숫가루만큼
고소하고 등이 따순 이야기도 전해야 하는데
이제 가늘고 야윈 팔은 떨리어서 글 한 자 쓸 수 없다네

그래도 그 누가 알랴
눈빛 형형하고 순정한 이 청년이
꽁꽁 얼어 강철 같은 계절을 지나
강줄기 설레설레 풀어지면

매향 실려 오는 봄바람에 가슴 두근거릴 것을

이 사람 동주
그대 없는 이 기슭에
어쩌자고 또 봄이 찾아왔단 말인가
저 혼자 푸르고 말 것을
어쩌자고 또 그대 가슴에 불을 지른단 말인가

힘

창틀에 한 자가웃 눈이 쌓인 날
난꽃이 피었다
예각의 이파리들 시나브로 꺾이고
포기째로 말라비틀어진 난 화분
날 풀리면 내다 버리려고
베란다 구석에 밀어 놓았는데
눈을 맞추거나 물 한 모금 준 적이 없는데
오십견을 앓지 않았으면 진즉에 버릴 수도 있었는데
내린 눈이 무거워 뒷산 소나무가 골짜기 울리며 쓰러질 때
숫처녀 성감대같이 여린 촉이 삐죽 솟았다
잎도 없는 화분 앞에 쪼그려 앉아
꽃잎 하나하나를 들여다본다
이 세상에 누가 무서워하지 않겠는가
등을 웅크린 호랑이가 꽃마다 들어 있다

카페 빌라피오리 프로메샤

저수지 가에 미루나무 그늘이 짙어졌다
논일 밭일 마친 사람들이
발을 씻고 열 오른 삽도 헹군다

해마다 근동의
외동아들 고명딸만 불러들이는
저 물낯은 무심한 은빛이다

혼령은 늘 해거름에 건져 냈다
어린 혼을 달래 주는 무당의 몸짓보다
상 위의 붉은 팥시루떡에 더 눈길이 갔다

미루나무 베어진 그 자리에 카페가 들어섰다
발음도 어려운 긴 서양 이름의 커피집이
푸닥거리하던 둑방에 버티고 있다

오래된 시골 마을에서
이제는 마을처럼 늙은 아재들이
흙 묻은 장화를 신고 쌀값보다 비싼 커피를 주문한다

인간 시장

투찰자들이 적어 낸 숫자만
이마를 부딪치며 둥둥 떠돌고 있는 경매 법정에
여자 하나 불쑥 고개를 내민다
첫 번째 경매에서 유찰된다
그럴 수 있지
이십 퍼센트가 다운되어 한 달 후에 재입찰한다
다시 낙찰되지 못한다 조바심이 난다
또 한 달 후 세 번째 경매에 내놓는다
처음보다 많이 낮아진 가격 이번에는 팔리겠지
그러나 응찰자가 없다
자궁이 없는 여자
척추 수술로 통증을 달고 사는 여자
봄에 암 수술하고 아직 마취가 덜 깬 여자
두통은 없으나 머리가 흐릿한 여자
법원 조사관이 적어 놓은 경매 물건 내용이다
하자투성이의 이 불량한 물건
어디에 가야 팔릴 수 있으려나

무청 시래기

내 속이 어둠으로 가득 차 있을 때
바깥에서 내 안을 들여다볼 수 없던
바로 그때가 평화였다

폭우에 시달린 밤이었지만
그냥 바닥에 드러눕고
한 줌의 햇살을 움켜쥘 수 있을 뿐이었지만
나는 늘 직립인 채 평화였다

내가 비로소 굳은 땅을 밀고 나와 여린 떡잎이었을 때
세상은 눈부시기만 했다
팔랑거리며 새순을 늘려 갈 때 태양은 뜨거웠다

하지만 언제까지 푸르를 것인가
어느새 나는 창틀에 매달린 채 조금씩 말라 가며
바깥세상을 물끄러미 바라볼 뿐이다

봄빛, 물들다

온온사穩穩舍
효심 대왕 정조 임금 사액 현판 은은하고
비에 씻기고 바람에 낡아 가는
송덕비 공덕비 옹기종기
육백 살 넘어 자신 은행나무 어르신
인간사 내 다 알고 있다는 듯
연둣빛 실눈 뜨고 긴긴 봄날 묵상 중이시네

과천향교果川鄕校
아버지 학벌은 서당 공부 3년이 전부
강 건너 산 너머 유학遊學은 언감생심
아서라 도백은커녕 군청 서기도 고소원불감청固所願不敢請
평생 면서기였던 끈 짧은 우리 아버지
경상에 자왈子曰 상투 튼 유생을 그려 본다
향교 마당 울바자에 오얏꽃 흩날리며 봄날이 익어 가네

자하동문紫霞洞門
보랏빛 노을 아래 단하시경丹霞詩境 새겨 놓고
옛 선비들 잔 채워 시 한 수
명필 마애 글에 계곡 가득 흥 가락

시냇물은 버들잎 띄워 지금까지 흘러왔고
왁자지껄 외고생들 졸업 사진 생기발랄
벚꽃 헹구는 폭포도 자하동문 봄날에 봉인되네

무늬를 먹다

열대어 글라스구피가 새끼를 낳는다.

대가리 전체가 깜장 눈인 새끼가 어미 배 속에서 퐁 나온
다. 어미가 산통으로 뱃살이 너덜거리고 정신이 혼미해진
사이에 먹성 좋은 수놈은 막 부화된 새끼들을 먹어 치운다.
수족관 속 다른 열대어들은 남의 일이라 구경만 할 뿐이다.
새끼의 무늬를 먹은 글라스구피는 화려한 호랑나비 문양 꼬
리를 흔들며 수직으로 대가리를 치켜세우기도 한다.

무슨 말을 하고 싶어서인지 가끔씩 물 밖으로 아가미를
내밀어 주둥이를 벌름거린다.

당고모

이 절간 저 절간 공양간살이 60년이 안 넘었나
사시에 마지 올리는 것도 이젠 버겁은 기라
지금에사 하는 말이지만 원망의 밥그릇 수도 없이 부셨
다 아이가
빡빡 얽은 내가 그 사람한테는 그래도 여자였던 기라
심장에 발동기가 달린 것맨키로
달떠서 남사시러울 때도 있었제
참 따습더라
천지가 아지랑이 피어오르는 봄날만 같았제
그 여름 물난리에 나룻배 뒤집어지고 나서
시퍼런 멍에가 떡 얹치 뿌데
청상이라꼬
꿈인가 생신가 싶더마이
꽃잠은 깨지 말아야 했는데
한 백 년쯤
아니 그 반만이라도 숙면이어야 했는데
돌아보니 가물가물하구마
청상이라는 어처구니없는 말
진저리 치는 그 푸른 말 패대기치고
영면에 들면 꽃잠 될 낀가

꽃무릇

가을볕 쨍하게 내리쪼이는 날
꽃무릇 피었다
잎사귀 지쳐 사그라지자
대궁 밀어 붉게 피었다

그대를 보고파 하는 마음 내색하지 않고
그대를 생각하는 마음 꾹꾹 누르고
나 그냥 가만히 있기로 했다

그리워하는 만큼 점점 멀어지는 인연인 것을
못난 상처 보이지 말고
피 흘려도 겹겹으로 싸매고 살자 다짐했다

그리움의 무게로
몸속 아픔마저 말라 버리고 나면
그대를 생각하는 마음마저
바스락 소리가 날 것 같았다

천둥과 번개가 번갈아 치는 날
내 마음에도 금이 갔다

그녀에게 묻는다

양버즘나무 건너 은행나무가 줄지어 선 언덕길
늦가을 눈부신 노란색 그 길을 곧장 따라 걸어가면
그녀를 만날 수 있다
신호를 기다리며 서 있는데 은행잎이 하르륵 발등을 덮는다
척추암을 반만 도려내고 하반신을 선택한 그녀
그래서 여전히 척추암을 앓고 있는 여자
두 손 뻗어 수직의 파문을 그리는 은행잎 한 장
두 손으로 고이 받아 들고 묻는다
무슨 힘이 더 남아 있어 견디고 있는 것일까
순간 노란색 부채는 살랑 바람을 일으키며
내 손을 빠져나가 버린다
그게 그녀의 대답이었을까
형체 없는 바람의 뒤통수를 바라보다가
발등에 쌓이는 은행잎을 그러안으며 그녀에게로 간다

게으른 또씨 뚜쪼*

언덕바지 그의 집을 찾았을 때 남자는 대자리로 얽어 둘러친 사각 집 모서리에서 꿍띠**를 씹고 있었다 건기乾期라 걸음을 옮길 때마다 흙먼지가 일었다 집 안이라고 밖과 별반 다르지 않게 진흙 먼지가 푸석거렸다 여자는 빗자루를 엮다 말고 차를 끓여 냈다 금이 가고 땟국에 전 찻잔은 푸르스름한 향내가 났다 오종종 모여든 다섯 아이들, 때 전 새까만 맨발로 금방 꺾어 온 들꽃을 사라고 했다 그것을 팔아 몇 됫박 곡식을 산단다 남편도 일을 해야 하지 않느냐고 했더니 여자는 희미하게 웃었다 앞으로도 몇 명의 아이를 더 낳을지 모를 남자, 게게 풀린 눈으로 가물가물 졸고 있는 그 남자의 어깨 너머로 흰 구름이 두둥실 흘렀다 푸르디푸른 하늘이었다

* 또씨 뚜쪼: 미얀마 사람.
** 꿍띠: 미얀마인들의 기호 식품 일종, 마비와 환각 작용을 한다.

거문도 등대

엄살떨지 마라

외롭다고

울지 마라

주저앉고 싶다고

그림자도 담글 수 없는 시퍼런 절벽에서 너 그렇게 백 년
을 서 있어 보아라

사람볕이 그립다 3
―코로나19

한여름에도
오한은 정수리로 오고
인후와 편도에 농이 오고
발작기침은 오밤중에 오고
알약과 따신 물이 머리맡을 지키고
새벽 지나 아침이 오고
안전하지 않다고
늘 이번 주가 고비라고
안전 안내 문자가 더미로 오고
2.5단계 거리 두기라고
카페도 맛집도 반 빗장을 걸고
사람들은 입도 코도 가리고
왕조시대의 백성처럼
무릎을 꿇고 머리를 조아리네
우리네 스스로가 만들어 준
코로나19 왕관의 위엄 앞에
그 귀신 앞에

붉은 시집

    고개를 숙이고 시집 한 권을 집어 든다 교보문고 평촌점에서 시집을 고르는 일은 하기 싫은 걸레질을 할 때처럼 몸을 구겨 접어야 눈이 닿는다 베스트셀러와 끊임없이 양산되는 처세서는 눈높이 서가에서 당당하다 해마다 이맘때면 노벨상 후보로 거론되는 노시인의 시집도 옹색하게 끼어 있기는 마찬가지다 인터넷으로 편하게 살 수도 있지만 책은 서점에서 사야 제맛. 큰 상을 받은 시인의 책 옆으로 가슴 붉은 시집들이 줄느런히 서 있는 날

11월

봉숭아 꽃물 든 손톱을 깎는데
유리창에 몸을 부딪는 첫눈이 오시네

울타리 밑에
계단 옆에
지천으로 피어 흐드러진 봉숭아꽃
백반 넣고 짓찧어 손톱에 올려놓고
총총
멀어져 간 사람을
총총
기다리고 있는데

열 손가락을 부챗살처럼 펴고
그렇게 하염없이 기다리고 있는데
봉숭아 꽃물 든 손톱에 그리움까지 더해
손가락 한 마디 반이 벌겋게 다 물들었네

톡톡
손톱을 깎는데

그대는 벌써 내 눈시울에 다가와

그렁그렁한 눈물로 떨어지고

북촌 이야기

감고당 터
폐비 민씨가 눈물로 지새우던 집
그 눈물 길 되어 대궐로 통했던 터
인현왕후 버선발로 다져진 표지석

광혜원 터
백 년 좀 더 전에 알렌이 메스를 잡았던 서양식 병원
육백 살 되신 백송이
소독 냄새와 환자들의 신음 소리를 묵묵히 받아 내시었고
지금은 무거운 시시비비의 잣대를 잡는 헌법재판소

중앙고등학교
미당 서정주 백릉 채만식 상화 이상화
문학비가 떼로 몰려 있는 동산
국가 지정 사적이지만
바람과 구름과 눈비가
돌에 새긴 시어들을 뭉개고 있는 곳

관상감 관천대
현대건설 사옥 귀퉁이에서

옛날처럼 하늘의 뜻을 읽고 있다
다만 사람이 모를 뿐이다

윤보선家(비개방)

운이 좋았다고 할까
담장 높고 백 칸쯤 되는 저택은 항상 궁금하다
마침 내가 지날 때 그 댁 누군가가 외출을 했다
삐이걱
견고하기 이를 데 없는 육중한 대문이 순간 활짝 열렸다

시의 힘

힘!
이라 쓰고 물끄러미 바라본다
다시 써 본다
시의 힘!
그래 시는 힘이다

조리돌림을 당하듯
병명도 없이 헝클어진 몸에
신약 한약을 쏟아부었다
해운대 박수 찾아 무꾸리도 해 봤다

까무룩 어둑발이 내렸다
무어라도 잡고 일어서야 했다
지푸라기 한 움큼 움켜쥐듯 시를 붙잡았다

시와 놀기 시작했다
그는 모든 것을 내주지도 않지만
나를 내치지도 않았다
겁을 닦는 선녀처럼
가슴에 얹힌 바위를 어루만지며 닦아 주었다

\>

가끔 나와 한 몸인가 생각되어
자세히 보면 한발 물러나 있다
항상 그만큼의 거리를 유지한다
그래도 잡은 손을 놓은 적은 없다

영원한 미래

태어날 때부터 무릎이 접히지 않는 여자는
수십 년이 지난 지금도 자궁이 그립다
양수 속 둥둥 자맥질할 적에
온 우주를 뻥뻥 찼다고 엄니는 말했다

달리지도 못하고 걷기에도 벅찬
대궁 같은 두 다리를 물속에 담그면
하늘거리는 한 잎
부평초가 될 것 같아 무엇이든 그러쥔다

그렇게 움켜잡아 뿌리 내릴 수 있다면
한 떨기 수선화로 피고 싶다
그리하여
물에 비친 모습 하염없이 바라보고 싶다

헤엄 한번 치지 못하고
구부려지지 않는 다리 뻗어
팬티를 갈아입을 때면
더욱 그리운 영원한 미래

해 설

삶의 근원에 대한 서정적 탐구와 개진

유성호(문학평론가, 한양대학교 국문과 교수)

1. 균형과 화해 지향의 서정적 고백록

서정시는 일정한 상황 아래서 빚어지는 인간의 정서나 가치 판단을 짧은 형식 안에 담아내는 언어예술이다. 인간의 정서와 사상을 발화하되 유기적 구조를 지닌 운율적 언어로 형상화하는 양식이다. 장강대하 같은 서사보다는 촌철살인의 순간적 정서 표현에 의존하는 서정시의 특성은 지금도 보편적으로 공인되고 있다. 19세기 영국 낭만주의 시인 워즈워스(W. Wordsworth)가 "강렬한 감정의 자발적 넘쳐흐름"이라고 정의한 것처럼 서정시의 정서 표현적 속성은 고유한 존재론으로 이어져 가고 있다. 또한 서정시는 우리에게 정서적 위안이 되어 주고 인지적 충격을 주기도 하며 감각적 즐거움을 안겨 주기도 한다. 이때 서정시는 단정하고 조화로운 방향으로 효과를 집약해 가게 마련이다. 물론 비속성을 노출하거나 일탈과 부조화 혹은 추醜의 미학을 드러내는 경향도 드물지 않지만 그럼에도 균형과 화해를 지향해 가는 서정시의 속성이 경감되거나 폐기되지는 않는다.

한필애의 시집 『사람볕이 그립다』(천년의시작, 2022)는 그리운 존재자들을 찾아 나서는 시인의 따뜻하고도 간절한 마음의 움직임을 충일하게 담아냄으로써 이러한 정서적 균형과 화해 지향의 속성을 아름답게 보여 주는 서정적 고백록으로 다가온다. 그는 비인간화의 방향으로 내닫는 현대사회에서 숨길을 트는 문화적 항체抗體로서의 서정시를 상상하면서 우리를 한없는 위안과 치유의 순간으로 인도해 가는 시인이다. 이성보다는 정서를 중요하게 여기면서 자신의 시로 하여금 가장 따뜻하고 심미적인 감각의 결정結晶이 되게끔 힘을 쏟아 간다. 이때 시인의 감각은 삶의 대안적 차원으로 끌어올려지면서 우리를 적극 견인해 가는 남다른 계기를 만들어 낸다. 이제 그 따뜻하고 개성적인 언어 속으로 천천히 한 걸음씩 들어가 보도록 하자.

2. 자연 사물에 투사하는 내면의 그리움과 열망

이번 시집을 통해 우리는 나직하면서도 역동적인 성찰 과정을 통해 삶의 보편적 이법理法을 담아내려는 한필애 시인의 미학적 의지를 만나게 된다. 이러한 과정은 자연 사물에 대한 은유를 통해 주로 펼쳐져 가는데, 시인은 자연 경험을 매개로 하여 자신이 깨달은 세상의 보편적 이치를 들려주는 작법을 일관되게 택하고 있다. 이러한 방법을 통해 마음의 수심水深을 들여다보는 시인은 그럼에도 자신의 시학적 표지標識를 퇴행적이거나 회고적인 정서에만 머무르게 하지 않는 기막힌 균형을 갖추고 있다. 오히려 그는 그러한 성찰의 결실을 그리움과 열망의 세계로 끌어올리고 있는데 그것은 비원悲願이 아니라 한결같이 어떤 존재 생성을 예비하는 긍정의 과정에 바쳐지고 있다. 그리고 그가 이러한 과정을 완성하는 실질적 장場은 구체적인 자연 사물일 경우가 많다. 다음 작품을 먼저 읽어 보자.

가을볕 쨍하게 내리쪼이는 날
꽃무릇 피었다
잎사귀 지쳐 사그라지자
대궁 밀어 붉게 피었다

그대를 보고파 하는 마음 내색하지 않고
그대를 생각하는 마음 꾹꾹 누르고
나 그냥 가만히 있기로 했다

그리워하는 만큼 점점 멀어지는 인연인 것을

못난 상처 보이지 말고

피 흘려도 겹겹으로 싸매고 살자 다짐했다

그리움의 무게로

몸속 아픔마저 말라 버리고 나면

그대를 생각하는 마음마저

바스락 소리가 날 것 같았다

천둥과 번개가 번갈아 치는 날

내 마음에도 금이 갔다

―「꽃무릇」 전문

시인은 가을볕에 피어난 꽃무릇을 바라보고 있다. '꽃무릇'은 가을에 사찰을 중심으로 화려하게 피어나는 꽃이다. 잎사귀가 지치자 대궁을 밀어 빨간 빛깔로 가을을 수놓는 이 매력적인 꽃을 향해 시인은 "그대를 보고파 하는 마음"을 밀어 넣는다. 2인칭 '그대'를 생각하는 마음이 한없는 그리움으로 번져 가면서 "점점 멀어지는 인연"을 절감하게 되는 순간을 선명하게 잡아낸 것이다. 아닌 게 아니라 "그리움의 무게로/ 몸속 아픔마저 말라 버리고" 난 후에야 비로소 "그대를 생각하는 마음"까지 천천히 사라져 가지 않겠는가. 그렇게 미세하게 금이 간 마음으로 시인은 자연 사물에서 환기되는 본원적 그리움을 토로한다. "봉숭아 꽃물 든

손톱에 그리움까지 더해"("11월」) 가는 시간 속에서 꽃무릇의
외관과 속성에 절절한 그리움을 아로새긴 작품이라 할 것이
다. 다음은 어떠한가.

　　　　내 속이 어둠으로 가득 차 있을 때
　　　　바깥에서 내 안을 들여다볼 수 없던
　　　　바로 그때가 평화였다

　　　　폭우에 시달린 밤이었지만
　　　　그냥 바닥에 드러눕고
　　　　한 줌의 햇살을 움켜쥘 수 있을 뿐이었지만
　　　　나는 늘 직립인 채 평화였다

　　　　내가 비로소 굳은 땅을 밀고 나와 여린 떡잎이었을 때
　　　　세상은 눈부시기만 했다
　　　　팔랑거리며 새순을 늘려 갈 때 태양은 뜨거웠다

　　　　하지만 언제까지 푸르를 것인가
　　　　어느새 나는 창틀에 매달린 채 조금씩 말라 가며
　　　　바깥세상을 물끄러미 바라볼 뿐이다
　　　　　　　　　　　　　　—「무청 시래기」 전문

꽃무릇에 내면의 그리움을 투사投射했던 한필애 시인은

이번에는 '무청 시래기'라는 사물을 통해 내면의 어둠으로 바깥세상을 응시하던 시간을 비유하고 있다. 어둠으로 가득한 내면을 바깥에서 들여다볼 수 없었던 때를 평화의 시간으로 기억하는 '무청 시래기'는 시인의 분신으로 등장하고 있는 셈이다. 폭우에 시달리던 밤에도 햇살을 움켜쥐던 날에도 "늘 직립인 채 평화"를 지키곤 했던 그는 굳은 땅을 밀고 나온 떡잎이었을 때 가장 눈부신 세상을 맞았고 새순을 늘려 갈 때 뜨거운 태양을 맞아들이기도 했을 것이다. 그러나 푸른빛을 오래 간직하지 못하고 창틀에 매달린 채 조금씩 말라 가고 있는 '무청 시래기'는 내면의 어둠으로 바깥세상을 물끄러미 바라볼 뿐이다. 이처럼 시인은 '무청 시래기'의 생태를 통해 "성긴 그늘 한 자락 내려놓고 깊은 생각으로 침잠"(『회화나무』)해 가는 자신의 모습을 투영하고 있는 셈이다. 그것은 "의연하게 생의 한 부분을 정리하는"(『에코 펠리스』) 순간일 수도 있고 "봄바람 한 자락 옆에 앉히고"(『시래기밥』) 수척해 가지만 새로운 생성의 열망을 가진 존재자의 모습을 선연하게 드러내는 순간이기도 할 것이다.

우리의 경험 속에 '자연自然'이란 공포의 대상이기도 하고 생명의 터전이기도 했을 것이다. 따라서 인간은 자연 안에서 자연과 더불어 공존하는 지혜를 배워야 했지만 이성이 고양되고 과학기술이 발달하면서 인간은 자연을 지배하게 되었고 급기야는 스스로의 욕망을 위해 자연을 하나하나 허물어 갔다. 서정시는 이러한 욕망 과잉 현상을 비판하면서 자연의 자연스러움에 대한 기억을 항구적으로 보존해 온 흔적으로 역력하다. 자연 안에 깃들인 근원적 가치와 질서를 상상적으로 구축하고 탈환하는 데 매진해 온 것이다. 한필애의 시는 합리성으로는 착안하기 어려운 존재론적 상처에 주목하면서 서정시가 추구하는 이러한 비의秘義를 자연 안에서 아름답게 발견하고 포착해 간다. 잔잔하지만 그 나름의 격정을 얹은 이러한 시편들은 자연 안에서 바라본 존재의 궁극을 우리에게 암시해 준 것이다.

3. 치유와 회복의 의지, 모성과 외경의 마음

한필애 시인은 사물의 풍경과 소리가 두루 어울리고 화창和唱하는 세계를 담아내는 필법筆法으로 우뚝하다. 이때 시인이 사물을 응시하거나 소리를 듣는 과정은 그 자체로 하나의 시적 상황을 이루면서 때로 사물 자체의 언어로 나아가기도 하고 때로 시인과 사물의 유추적 결속 과정을 가져오기도 한다. 이처럼 사물과 소리가 어우러진 세계를 통해 삶의 심연을 암시하는 방법은 주체의 자기 표현에만 집중해 왔던 서정시의 오래된 기율에 일정한 반성적 거점을 제공한다. 이처럼 한필애 시인은 사물과 내면의 결속 과정에 따르는 그리움과 감동의 양가성을 노래함으로써, 새로운 서정시의 기율을 만들어 가는 창신昌新의 감각을 보여 준다. 시집의 표제작을 한번 읽어 보자.

연주암 법당에 절하는 사람들이 즐비하다
모두 하얀 마스크를 쓰고 오체투지를 한다
천 년 넘게 정좌하신 갱상도 부처님
굳은 목 내밀며 물으신다
머선 일이고?

―「사람볕이 그립다 1」 전문

　미증유의 감염병 시대를 살아가면서 시인은 '사람볕'이 그립다고 노래한다. 사회적 거리 두기를 통해 서로를 쬐는 사람볕이 오랫동안 사라졌고 이제는 그것이 새록새록 그립다는 것이다. 연주암 법당에서도 마스크를 쓰고 절하는 사람들이 많은데, 시인은 상상 속에서 "천 년 넘게 정좌하신 갱상도 부처님"이 "머선 일이고?" 하고 묻는 상황을 부조浮彫하고 있다. "엎드린 속울음"(「사나사舍那寺」)이 넘치게 마련인 법당에서 "굵은 대궁에/ 다닥다닥 핀 꽃을 보고 계신 듯"(「꽃물 들다」)한 부처님의 속마음을 통해 우리 시대를 넘어 치유와 회복의 순간을 염원하는 시인의 소망과 희원이 단아하게 다가오는 작품이다. 그런가 하면 한필애 시인은 가장 근원적인 인생의 감동적 장면을 노래하고 있기도 하다. 다음 시편들이 그 실례이다.

까치 한 마리 나무를 죽어라 쪼아 댄다
벚나무 그늘이 파들파들 숨이 넘어갈 듯 자지러진다

둥지를 넘보던 청설모는

벚나무 등짝에 까치 부리가 박힌 줄 알았을 게다

무릇

세상의 모든 어미는 저래야 한다

—「어미」 전문

큰 수술을 한 후였다. 민물 장어가 회복에 좋다고 하여
파로호에 가는데 길을 잘못 들어 사명산 산악 지대를 넘어
갔다 첩첩산중에 호수가 있을 것 같지 않았는데 다섯 시
간 만에 선착장에 닿았더니 그곳 어부가 막 그물을 걷고
있었다

아뿔싸, 파로호 지킴이를 잡았네 그려,

그는 어부 생활 수십 년에 이렇게 큰 장어는 처음 보았다
며 두려운 손길로 다시 돌려보내는 것이었다

—「파로호 지킴이」 전문

앞의 작품에서 시인은 지극한 모성母性을 그려 냄으로써
가장 근원적인 생명의 질서를 노래하고 있다. 시인은 나무
를 하염없이 쪼아 대는 한 마리 까치와 그 순간 그늘이 출렁
이는 벚나무의 모습을 통해 "무릇/ 세상의 모든 어미는 저래
야" 한다는 '어미'의 존재론을 살갑게 들려준다. 까치의 부
리가 나무에 박혔을 것이라는 짐작 너머 새끼들을 위한 곡
진한 노동이 숨겨져 있었음을 암시하는 것이다. 다른 작품

에서 시인이 노래한 생명들이 사실은 "울 엄니 그늘의 기운으로 핀 것"(「국화차」) 같은 느낌도 이러한 마음에서 발원했을 것이 틀림없다. 그런가 하면 뒤의 작품에서는 생명의 원리에 대한 지극한 외경畏敬을 보여 준다. 시인은 민물장어를 찾아 청정한 파로호로 떠났지만 정작 첩첩산중에 있는 호수에 닿았을 때 "그곳 어부"가 그물을 걷으면서 하는 인상적인 말을 듣게 된다. 살아오는 동안 가장 큰 장어를 만난 "그곳 어부"는 두려운 손길로 장어를 호수로 다시 돌려보낸 것이다. "파로호 지킴이"를 놓아줌으로써 자연과 생명의 질서를 지키는 파수꾼으로서의 모습이 잔잔하게 전해진다. 그 마음은 생명과 "항상 그만큼의 거리를 유지"(「시의 힘」)함으로써 얻어 내는 존재의 평화 같은 것이었을 터이다.

  이러한 치유와 회복의 의지, 모성과 외경의 마음에는 소멸해 가는 에너지보다는 가장 깊은 차원에서 생성되는 힘을 잡으려는 시인의 사유와 감각이 더 강하게 서려 있다. 근대적 효율성이나 속도전 너머 있는 아름다운 생명의 질서를 노래하는 이러한 마음은 한필애 시인의 시안詩眼을 보여 주기에 충분한 것이 아닐 수 없다. 우리가 지각하는 어떤 존재자들도 이러한 마음을 통과하지 않고는 삶이 불가능할 것이 아니겠는가. 시인은 그러한 과정을 통해 상처와 폭력을 넘어 가장 근원적인 질서를 상상하고 불러오는 것이다. 한결같이 자신이 지나온 시간을 되살리면서 그 행간마다 은폐된 혜안을 표현하고 있는 것이다. 아름답고 융융하기만 하다.

4. 큰 시선으로 발견해 가는 타자와 시원의 시공간

대체로 서정시에서 다루어지는 기억은 시인이 지나온 날들의 의미를 형상화하려는 미학적 의지에서 비롯된다. 이때 기억이란 의식의 표면에 고정되어 있는 어떤 상상(像像)을 뜻하지 않고 과거 경험과 비슷한 맥락을 만나게 되면 유추적으로 그것을 재현할 수 있는 에너지를 포괄적으로 함의한다. 이러한 기억의 형식이 아마도 서정시의 가장 고전적인 원리일 것이다. 그러나 이러한 서정시의 형질이 기억을 매개로 하는 사물과 내면의 유비적(analogical) 관계에만 한정되는 것은 아니다. 어쩌면 '시적인 것'은 사물을 내면에 실어 표출하는 것으로도 나타나지만 뭇 사물이 품고 있는 서사적 계기를 재현하는 순간에도 넉넉하게 출현할 것이기 때문이다. 그 점에서 한필애의 시는 이러한 내면의 출렁임과 경험적 서사가 단단한 기억 속에 녹아 흐르는 특성을 보여 주는 세계라고 할 수 있을 것이다. 그리고 그 기억은 시인의 시선을 바깥 타자로 돌리게 함으로써 시 세계의 확장 과정을 선뜻 불러오기도 한다. 큰 시선으로 발견해 가는 타자와 시원(始原)의 시공간이 그 안에 흐르고 있다. 다음 작품을 한번 읽어 보자.

언덕바지 그의 집을 찾았을 때 남자는 대자리로 얽어 둘러친 사각 집 모서리에서 꿍띠를 씹고 있었다 건기(乾期)라 걸

음을 옮길 때마다 흙먼지가 일었다 집 안이라고 밖과 별반
다르지 않게 진흙 먼지가 푸석거렸다 여자는 빗자루를 엮
다 말고 차를 끓여 냈다 금이 가고 땟국에 전 찻잔은 푸르
스름한 향내가 났다 오종종 모여든 다섯 아이들, 때 전 새
까만 맨발로 금방 꺾어 온 들꽃을 사라고 했다 그것을 팔
아 몇 됫박 곡식을 산단다 남편도 일을 해야 하지 않느냐고
했더니 여자는 희미하게 웃었다 앞으로도 몇 명의 아이를
더 낳을지 모를 남자, 게게 풀린 눈으로 가물가물 졸고 있
는 그 남자의 어깨 너머로 흰 구름이 두둥실 흘렀다 푸르디
푸른 하늘이었다

—「게으른 또씨 뚜쪼」 전문

시의 배경은 미얀마 어딘가 언덕바지에 있는 한 남자의
집이다. 그 남자의 이름은 또씨 뚜쪼. 그는 "대자리로 얽어
둘러친 사각 집"에서 그네들이 즐기는 기호 식품 꿍띠를 씹
고 있다. 흙먼지가 이는 가난한 집에서 여자는 땟자국이 역
력하지만 푸르스름한 향내가 나는 찻잔에 차를 끓여 내온
다. 그때 아이들이 맨발로 뛰어와 사라고 권하는 들꽃은 곡
식을 사기 위한 것이라고 한다. 그때 게으른 한 남자의 어
깨 너머로 보이는 푸른 하늘과 흰 구름은 지상에 펼쳐진 가
난과 게으름을 역상逆像으로 보여 준다. 그렇게 시인의 마음
은 때로는 "교태를 팔아 밥을 사는 그늘의 삶"(「당당한 그늘」)에
대해 공감 어린 연민을 보이기도 하고 "메뉴가 하나뿐인 찻

집에서 느림을 마신"(「샹그릴라에서 차 한잔」) 순간에 아름다움을 부여하기도 한다. 이처럼 시인은 자신의 시선을 이국의 타자를 향해 돌림으로써 공감과 연민의 사제司祭로 거듭나고 있지만, 그와 함께 가장 근원적인 존재론적 차원으로 나아가 시원의 시공을 구유具有하려는 의지를 내비치기도 한다. 그 아득하고 깊은 눈길은 시원의 형상 가운데 하나인 '사막'을 향하고 있다.

> 체증으로 가슴이 답답하면
> 초원사막으로 가라
> 가서 은하수를 만지거라
> 벌컥벌컥 마셔도 보고
> 첨벙첨벙 건너도 보아라
> 홀로 건너기 외로우면 낙타와 함께하라
> 하루 종일 소소초를 씹은 낙타도
> 맑은 물로 비린내를 헹굴 것이니
> 양가죽 냄새 퀴퀴한 게르에서
> 낙타가 오기를 기다려라
> 전갈들 모래 바닥 기어 다니고
> 먼 데서 온 네가 궁금해 사막여우가
> 어슬렁거리다 제 굴로 돌아가면
> 사막의 밤을 가만히 내다보라
> 거기 또 별들 쏟아져 발목에 쌓일 것이니

떠나라

—「사막으로 가라」 전문

존재의 한계를 느낄 때 사막으로 가라는 시인의 권면은 사실은 스스로에게 건네는 위안과 치유의 언어일 것이다. 사막으로 가서 은하수를 만지고 마시고 건너라는 것 역시 새로운 존재의 차원을 열어 가라는 것이다. 낙타와 함께 걷기도 하고 모래 바닥에서 사막여우를 만나기도 하면서 "사막의 밤"을 내다보라는 것이다. 거기에는 "별들 쏟아져 발목에 쌓일 것"이니까 말이다. 여기서 '사막'은 단순한 이역異域의 공간이 아니라 존재의 폐허를 넘어 새로운 가능성을 던져 주는 새로운 출발 지점으로 승화한다. 이때 한필애 시의 역동성이 탄생한다. 아닌 게 아니라 시인은 시집 곳곳에서 새로운 도약의 순간을 그려 냄으로써 신생의 기운을 우리에게 불어넣고 있다. 귀한 일이다.

이렇게 시인은 우리 시대를 폐허로 비유하면서 우리가 그것을 견디고 오랜 그리움과 기다림으로 살아가야 함을 노래한다. 시인은 이 세계의 황폐함에 안주하거나 굴복하지 않고 그것을 상상적으로 넘어서고 치유하는 방법론을 한결같이 탐구해 간다. 그 점에서 이러한 과제를 성실하게 수행해 가는 시인은 자신이 걸어온 흔적을 언어적으로 구성해 가는 방식이 자신에게 유일한 실존의 방법임을 고백하고 있는 셈이다. 그러한 삶이 곧 '시 쓰기'의 은유가 되어 주고 있는 것이다. 이렇게 열정적으로 궁구하는 타자와 시원의 시공간은 그로 하여금 심원한 국량局量의 시인으로 태어나게끔 해 주면서, 우리로 하여금 한필애 시인의 내적 심화 과정에 기대를 걸게끔 해 주고 있다.

5. 삶과 죽음을 넘어 한 몸으로 공존하는 시간

한필애 시인은 이번 시집을 통해 생명 원리를 포용하면서도 다양한 표상으로 사유와 감각의 극점을 우리에게 선보인다. 한 편 한 편의 작품적 완결성과 그것들끼리 통합하는 응집성이 두드러지는 그의 이번 시집은 우리의 삶을 때로 은은하고 때로 역동적으로 감싸 안는다. 특별히 시인이 찾아가는 존재의 시원은 매우 중요한 자산인데 이는 유토피아의 공간이나 유년의 시간을 포함하지 않는다. 다만 그것은 감각으로는 포착하기 힘든 어떤 신성神聖의 지경을 품은 궁극성이라고 해야 할 것이다. 훼손되기 이전 혹은 훼손을 넘어선 정신적 경지를 함축한 형상 말이다. 시인은 그것을 일상에서 발견하기도 하고 새로운 생성적 순간에서 찾아내기도 한다. 가령 다음 시편에 나타난 시적 공간을 만나 보자.

벚꽃이 환하다
단청이 벗겨진 절집도
오랜만에 흐드러졌다

절 마당귀에서

혼자 울던 운판 위로

소지한 듯 꽃잎 한 점 치오른다

얼굴이 옥양목처럼 희었던 열여덟 언니가

그렇게 떠나갔다

눈부신 봄날이었다

—「꽃잎, 오르다」 전문

　오랜만에 환하게 흐드러진 벚꽃이나, 단청이 벗겨진 절
집에서 혼자 울던 운판이나, 모두 고즈넉하고 아름다운 신
성의 거소居所로 다가오고 있다. "그리움을 새기듯이/ 나무
를 깎고 또 다듬었더니/ 절간에 매달린 운판"(「운판」)이 된 것
처럼, 시인은 그 위로 소지燒紙하는 듯 치오르는 "꽃잎 한
점"을 통해 죽음과 삶의 교차 과정을 순간적으로 떠올린다.
"얼굴이 옥양목처럼 희었던 열여덟 언니"가 떠나간 어느 눈
부신 봄날처럼 그렇게 다가오는 '꽃잎'의 생멸生滅 과정이 가
장 깊은 인생행로를 은유하는 듯하다. 그 순간이 어찌 신성
이 현현하는 때가 아니겠는가. 이러한 속성은 다음 장면에
서 어떤 구체성과 함께 존재론적 심층을 만나게 해 주는 차
원으로 이어져 간다.

　먼 나라에서 온 색색의 과일과 갓 쪄 낸 시루떡이며 때깔

고운 육전에 크고 굵은 조기 도미 대구도 몸을 포개 누웠다

맏동서가 딸을 연달아 낳을 때 아들을 줄줄이 낳은 아랫
동서의 콧날은 더 빛났으리라

꽃 피어 좋은 봄 한날에 하던 일 멈추고 서울 부산에
서 아들딸 며느리 달려와 둥그렇게 모여 옛이야기 나눈다

딸은 딸이어서 모르고 며느리는 며느리여서 더 모르고
오직 아들들만 알았던 엄마

증손자까지 그득하게 서서 지방에 대고 절 올린다 향
불 연기 꼬부라지며 오른다 미역국보다 탕수국을 더 좋아
하셨는데

큰아들이 일찍 간 어매 불쌍하다고 우는데 올해도 늙지
않고 환하게 웃고 있는 울 엄마

―「제사」 전문

옛날 제사祭祀 풍경을 때로 사실적으로 때로 상징적으로
구현한 이 작품은 대가족제도의 잔영이 남아 있는 한순간
의 장관을 보여 준다. 제사상에는 갖은 과일이며 떡이며 육
전에 조기 도미 대구도 놓인다. 딸을 연달아 낳은 맏동서

와 아들을 줄줄이 낳은 아랫동서의 대조가 순간 어떤 질서의 잔광殘光으로 남는다. 그렇게 모두 달려와 옛이야기 나누는 제삿날에 "올해도 늙지 않고 환하게 웃고 있는 울 엄마"는 이 모든 이들의 존재론적 기원起源으로 아득하게 계시다.

말할 것도 없이 서정시는 지나온 시간에 대한 경험적 재구성이라는 특성을 견지하는 언어예술이다. 그것은 시간의 탐색을 통해 삶의 궁극성에 대한 경험을 부여하면서 인간의 본질적 존재론에 대한 새로운 차원을 암시하게 마련이다. 말하자면 그것은 유한자인 인간이 초월적이고 궁극적인 차원을 꿈꾸는 방식이기도 하고, 실존적이고 과정적인 존재자인 인간이 물리적 시간을 넘어 전혀 다른 생성적 시간으로 나아가는 방식이기도 할 것이다. 한필애 시인은 삶과 죽음을 넘어 한 몸으로 공존하는 시간을 들여다봄으로써 이러한 초월과 도약의 서정시를 써 가고 있는 것이다.

6. 미적 품격을 통해 구축해 갈 서정시의 최전선

서정시의 언어란 자아와 세계에 놓인 창窓이며 이때 자아는 그 창을 통해 세계와 만나고 세계를 바라볼 수 있게 된다. 특히 예술가의 언어는 결핍의 조건에 놓인 자아와 폐허의 상태에 있는 세계를 이어 주는 구체적 창이 되어 준다. 한필애 시인은 섬세하고 다채로운 모어母語의 아름다움을 통해 자신의 원체험을 발견하고 그것을 시 안에 풀어놓는다. 그의 원체험은 오랜 기억에 머무르면서 동일성을 획득하게끔 해 주는 핵심 에너지가 되어 준다. 나아가 그의 경험은 상처의 원체험을 부단히 변형하면서 자신의 삶을 성찰해 가는 자기 확인의 작업으로 진화해 간다. 서정시의 근원적 창작 동기가 자기 확인 욕망에 있다면 한필애 시인은 자신의 삶을 탐색하고 성찰하고 반성하는 일련의 지적, 정서적 과정을 통해 자신의 시 쓰기를 완성해 가고 있다고 할 수 있을 것이다.

우리가 천천히 읽어 왔듯이, 한필애의 이번 시집은 지나온 시간에 대한 기억의 재구성이라는 일관된 특성을 지니고 있다. 그의 시는 기억의 다양한 양상을 다루면서 그 원리를 따라 삶의 근원에 대한 경험을 정성스럽게 치러 간다. 그의 시는 스스로를 탐색하고 성찰하는 과정을 한결같이 수반하는데 그 세목은 가장 근원적인 세계를 갈망하는 에너지로 가득 차 있다고 할 수 있다. 그것을 시인은 주변성의 가치가 투명하고 진솔한 언어적 의장意匠에 감싸여 있을 때 얼마나 아름다운가를 보여 주는 실례로 노래한다. 말하자면 그가 택한 대상과 어조와 작법이, 삶의 주변부를 사색하는 시인의 목소리를 분명하고 단단하게 담고 있는 것이다.

여기서 다루지 못했지만 한필애의 시 가운데 영남 방언이 풍부하게 구현된 사례는 참으로 기릴 만한 것이다. 이에 대해서는 추후 논의를 이어 가야 할 것이다. 결국 한필애 시인은 이번 시집을 통해 자신만의 오롯한 서정적 고백록을 우리에게 들려주었다. 이처럼 삶의 근원에 대한 서정적 탐구와 개진 과정을 섬세하게 담아낸 시집의 상재를 축하드리면서, 오래도록 미학적 품격을 견지한 채 더욱 아름다운 서정시의 최전선을 구축해 가시기를 마음 깊이 희망해 본다.